Maja Vandenwald

Hirngespinster und Warteschleifen

…und was denken SIE so beim Warten???

© 2017 Maja Vandenwald
2. Auflage

Illustration: Ulrike Spieckermann
Foto: Fotolia

Herstellung und Verlag: BoD
Books on Demand, Norderstedt

ISBN: 978-3-739202-15-0

INHALT

Ben Hur	S. 9
Füllungen mit Spritze	S. 15
Essig und Öl oder was?	S. 21
Die Supermarktschlange	S. 27
Der Stau	S. 39
Der Friseurbesuch	S. 45
Windeltou und Old Käckelhemd	S. 57
Pheromone	S. 61
Wotz Äpp	S. 65
Für Ihr Alter…	S. 71
Herrentaschentuch	S. 73
Holzlatte	S. 77
Ich kann nicht schlafen	S. 81
Internet geschrottet	S. 91
Nordische (Tee)Lichter	S. 97

Kleines Vorwort, liebe Lesenden

Was ist das für ein seltsamer Titel: Hirngespinster und Warteschleifen?

Wie kommt man auf so einen Quatsch?

Ganz einfach: wenn Gedanken im Gehirn ihre eigenen Fäden spinnen, während man in Warteschlangen und -schleifen hängt und wartet, dass es voran geht, dann endet der Gedankengang oft an einer Stelle, die man am Anfang gar nicht vermutet hätte, und das macht richtig viel Spaß.

Also: keine Angst vor Warterei, nachts wach liegen oder Langeweile – lassen Sie Ihre Gedanken von der Leine – es lohnt sich!

Ben Hur

Heute Abend ist nichts los. Weder im Bekanntenkreis noch mit uns. Wir haben beschlossen, einfach mal vor der Glotze abzuhängen. Ich blättere durch die Fernsehzeitschrift. Es ist kurz vor Weihnachten, da wird doch wohl was im Programm zu finden sein.

Der kleine Lord – das habe ich gestern Nachmittag schon geschaut und mal wieder heimlich dabei geflennt. Ist immer so schön am Schluss, wenn der alte Griesgram geläutert ist.

Ein alter Tatort – nä, darauf habe ich heute keine Lust.

Comedy mag ich auch nicht. Die Entstehung des Weltalls, das wäre doch schön, aber das möchte mein Mann nicht. Zu anstrengend. Er möchte einfach nur glotzen, sich nicht noch konzentrieren. Ich seufze. Da ruft mein Mann:

„Läuft nicht auch Ben Hur?" Ich sehe ihn entgeistert an. Och nee, nicht schon wieder! Dieser olle Schinken!

„Der hat schon vor anderthalb Stunden angefangen", maule ich.

„Egal, schalt mal dahin, ich würde den gerne sehen". Na gut, dann eben Ben Hur. Zum gefühlt tausendsten Mal. Ich gehe in die Liegeposition über und schließe die Lider halb.

„Du hast keinen Bock drauf, oder?" erkundigt sich mein Mann.

„Ist schon in Ordnung", erwidere ich, „wenn du das heute sehen möchtest, kein Problem."

Er wendet sich wieder dem Fernseher zu. Ich betrachte Ben Hur. Richtig schön war der Charlton Heston eigentlich auch damals schon nicht. Jedenfalls nicht mein Typ. Außerdem habe ich mal gelesen, dass er zur Waffenlobby gehört. Geht ja gar nicht.

Und er hat beim Wagenrennen die Armbanduhr aus Versehen angelassen. Aber so weit ist der Film ja noch nicht. Mir fällt das langsame Tempo des Films auf. Ist bei allen alten Schinken so: man hat endlich mal Zeit, der Handlung in Ruhe zu folgen. Heutzutage ist das nicht mehr möglich.

Man muss sich schon verdammt konzentrieren, wenn man den schnellen Schnitten folgen will.

„Du hast wirklich keine Lust, den Film zu sehen, woll?" Mein Mann wird lästig. Ich habe mich doch jetzt mit dem Film abgefunden und schaue ihn mir eher analytisch an. Macht auch Spaß.

„Nein, nein, alles gut." Wie oft soll ich das noch sagen?

Ben Hur schleicht über einen dunklen Hinterhof. Eine Frau nähert sich. Er spricht sie aus dem Schatten an. Sie erschrickt zunächst und freut sich dann wie Bolle, ihn zu sehen.

Ekelhaftes Frauenbild damals. So klein, zart, niedlich, unterwürfig. Ich rege mich auf und ziehe den Atem laut ein.

„Was ist denn jetzt schon wieder los?" will mein Mann wissen. Ich drücke laut meine Kritik aus. Die will mein Gatte aber gar nicht hören. Er will einfach nur den Film sehen. Und ich will mich nicht langweilen, also hole ich aus dem Film für mich eben andere Dinge raus als er. Das wird doch wohl noch erlaubt sein?

Nächste Szene: Zelte in der Wüste, edle Pferde. Ein Stümper veranstaltet ein kleines Wagenrennen und fährt natürlich in die Büsche, weil er zu blöd ist, das Gespann richtig zu führen. Ben Hur kennt sich da besser aus und lässt jede Menge fachmännischen Rat vom Stapel. Richtig männlich! Ich könnte kotzen.

Männer sind im Film immer so souverän und stark, und wenn es mehrere davon gibt, hauen sie sich gegenseitig die Nase blau, und der Stärkere kriegt am Ende die schöne, schwache, niedliche, unterwürfige Frau. Bah, wie furchtbar!

Schon wieder ein Seitenblick von meinem Mann. Diesmal sagt er aber mal lieber nichts. Er kann mein Gemecker nicht mehr hören, glaube ich. Ich sage auch mal lieber nichts. Er kennt meinen Standpunkt. Da braucht man nicht immer drüber zu reden. Irgendwann ist es sowieso Zeit schlafen zu gehen, und so brechen wir vorzeitig ab. Das Wagenrennen war immer noch nicht. Da kann ich gar nicht mehr überprüfen, ob Charlton Heston wirklich seine Armbanduhr anhatte. Ist mir jetzt auch egal, denn ich bin ziemlich müde. Sind schon anstrengend, diese Schinken.

Gute Nacht.

Füllungen mit Spritze

Mein Zahnarzt diagnostizierte in meiner unteren linken Kauleiste die ein- oder andere Karies. Da sich hier noch einige alte Amalgam-Füllungen befanden, war es klar, dass diese im gleichen Zuge gegen form- und farbschöne Kunststofffüllungen ausgetauscht werden sollten.

Ich begab mich also zum angesetzten Termin in die Zahnarztpraxis und nahm im Zahnarztstuhl Platz. Da ich mal wieder zu früh da war, hatte ich noch Zeit und musste eine Weile auf das Erscheinen des Zahnarztes warten. Weil mir in dem Stuhl ohne Zahnarzt immer schnell langweilig wird, quälte ich die nette junge Assistentin mit dem ein- oder anderen Schwank aus meiner Jugend.

Dabei kam auch der Einsatz einer Impfpistole zur Pockenimpfung zur Sprache. Das arme Mädchen hatte den Eindruck, ich sei leibhaftig dem Mittelalter entsprungen, ließ sich ausführlich die Impfpistole beschreiben und nahm sich vor, dieses Folterinstrument zu Hause erstmal zu googeln.

Sie wurde erlöst, als der Zahnarzt hereinkam. Der hatte sich schon gefreut, mal wieder eine Patientin quälen zu dürfen und traktierte meinen Unterkiefer zunächst mit der Spritze. Das macht mir nichts aus, es stört mich nur hinterher, wenn die Unterlippe hängt und man das Gefühl hat, dass der Sabber unkontrolliert aus dem Mundwinkel fließt.

Er machte mich darauf aufmerksam, dass auch die Zunge ein bisschen gefühllos werden könnte, was ja viele Männer zu schätzen wissen: die Frauen können dann nicht mehr pausenlos reden. Ich glaube, mein Zahnarzt war auch froh, als er seine Finger in meinem Mund versenkte und mich damit vom Sprechen befreite.

So saß ich da, nein, eigentlich lag ich, mein Gesicht keiner Regung mehr fähig, über mir die Lampe, auf der man noch Putzstreifen sehen konnte. Ja, die Putzfrau hat wohl nicht die richtigen Tücher. Ich müsste ihr mal eins von meinen geben, die reinigen streifenfrei. Unterhalb der streifigen Lampe und direkt über meinem Gesicht hingen die vermummten Köpfe des

Zahnarztes und seiner Assistentin. Ich bewunderte insgeheim, wie schön die Assistentin ihre Augen geschminkt hatte – alle Achtung. Das hätte ich so nicht hinbekommen. Bei meinem Zahnarzt stand ein borstiges Haar aus der Augenbraue ab. Ich konnte auch die Bartstoppeln zählen, was ich vor lauter Langeweile auch ein paar Minuten tat.

Dann war mir das doch zu blöd, und ich brachte die Assistentin hinter ihrem Mundschutz zum Lachen, indem ich meine Augenbrauen abwechselnd einzeln in die Höhe zog. Das hatte ich mir im Alter von vierzehn Jahren selber beigebracht, weil ich Mister Spock vom Raumschiff Enterprise so cool fand. Es ist auch heute noch ein probates Mittel, Leute zu verblüffen. Tja, gelernt ist gelernt.

Der Zahnarzt arbeitete sich von meinem Molar drei sechs weiter nach hinten vor. Dabei murmelte er Wörter wie „okklusal", „mesial" und „distal", und diktierte zwischendurch: MOD, 3 sieben. In einer Bohrpause, in der ich den Mund mal kurz schließen durfte, machte ich diesen sofort wieder auf, um zu fragen, was das denn alles hieße. Der Zahnarzt hatte aber keine Lust, mir das zu erklären. Schade.

Ich nahm mir vor, das alles zu Hause zu googeln. So gibt es dann einen Austausch von Begriffen: ich googele die Fachbegriffe, die Assistentin googelt die Impfpistole und der Zahnarzt googelt nix, sondern erholt sich von dem anstrengenden Eingriff.

Beim hintersten Zahn wurde es ein bisschen eng im Mund. Immerhin mussten meine Zähne, meine Zunge, Förmchen, Watteröllchen, Speichelsauger und zwei bis vier Finger hier untergebracht werden. Keine leichte Aufgabe.

Zwischendurch konnte ich meine kolossale Selbstbeherrschung demonstrieren, indem ich eben nicht kotzte, sondern nur leicht würgte.

Zwischendurch, nachdem alle drei Zähne von den alten Füllungen und der Karies befreit waren, ließ ich mir einen Handspiegel reichen, um die Löcher zu bewundern. Es war erschreckend. Riesige Krater klafften dort. Hoffentlich kriegten die das wieder hin!

Hat aber alles geklappt. Die Füllungen mussten lagenweise eingebracht und zwischendurch immer wieder gehärtet werden. Mit blauem Licht. Da hatte ich quasi Bluetooth.

Nach einer Stunde war der Spuk vorbei. Ich glaube, alle waren froh, es hinter sich gebracht zu haben. Die Assistentin reichte mir meine Handtasche, unter deren Gewicht sie beinahe zusammengebrochen wäre. Nun ja, man könnte mich entführen – mit meiner Handtasche würde mir das nichts ausmachen, da hätte ich alle überlebenswichtigen Dinge dabei, frei nach dem Motto: „Eine Damenhandtasche muss stets so bestückt sein, dass man mit ihr jederzeit sofort das Land verlassen kann."

Und die Wörter habe ich nun auch gegoogelt: MOD ist eine dreidimensionale Füllung größeren Ausmaßes, die sich in alle Richtungen erstreckt, nämlich mesial, okklusal und distal.

So, lieber Herr Dentist, nun googeln Sie doch bitte mal „Trochäus", „Jambus", „Daktylus" oder „Anapäst".

Essig und Öl oder was?

Wir waren vor einiger Zeit essen. Mit ein paar Freunden zusammen in einer netten kroatischen Gaststätte. An dem Abend waren außer uns keine weiteren Gäste anwesend.

Das war zwar ein wenig seltsam für den Wochentag, einen Freitag, aber wir hatten auch kein Problem, uns untereinander bei Laune zu halten und zu reden.

Als die Speisekarte vor uns lag, hatte bald jeder sein Lieblingsgericht gefunden. Die Männer natürlich wieder den halben Bauernhof als Schlachtplatte, die Frauen ein kleineres Stück Fleisch mit einem Calvados-Sößchen oder so, und ich blieb, wie meist, am Salatteller hängen. Andere hängen an der Flasche oder an der Nadel, ich hänge am Salat.

Die angebotenen Dressings fand ich an diesem Abend nicht so ansprechend, deshalb bat ich darum, mir Öl und Essig extra zu bringen, damit ich mir das Dressing selber anmischen konnte.

Die Bedienung brachte daraufhin zwei hübsche kleine Flaschen, die so geformt waren, dass die eine auf der anderen saß. Sehr dekorativ. Ich nahm das Gebinde auseinander, entkorkte die Ölflasche, goss etwas über den Salat und beträufelte dann alles mit einigen Spritzern Essig.

Freudig stach ich die Gabel ins nächstbeste Salatblatt und führte es zum Munde. Nach dem ersten Bissen aber kam die Enttäuschung: es schmeckte einfach grässlich! So etwas hatte ich in meinem ganzen Leben noch nicht geschmeckt.

Da ich jedoch mehr Gourmand als Gourmet bin, vermutete ich, dass es sich hier um ganz besonderes Öl und Essig handeln musste, denen meine ungeübten Geschmacksknospen noch nicht gewachsen waren. Deshalb hielt ich erstmal den Mund und probierte den nächsten Happen.

Der Geschmack blieb hartnäckig am unteren Rand des Erträglichen und besserte sich auch im weiteren Verlauf des Essens nicht.

Man muss mir am Gesicht angesehen haben, dass es mir nicht so mundete wie üblich. Irgendwann beugte sich mein Mann zu mir und fragte leise:

„Stimmt was mit dem Salat nicht?" Ich antwortete auch ganz leise:

„Nein, der schmeckt ganz furchtbar. Möchtest du mal probieren?" Ganz vorsichtig zupfte er ein möglichst kleines Blättchen aus dem restlichen Salat und knabberte zögernd daran. Anschließend spie er es sofort wieder aus.

„Das schmeckt ja widerlich!", sagte er laut, und das zog natürlich die Aufmerksamkeit aller anderen auf uns. Nun wurde ich interessiert beim Verzehr des Salats und dem Verziehen des Gesichts beäugt. Schließlich fasste sich eine Freundin ein Herz und ließ sich die Öl- und Essigflaschen reichen, entkorkte sie und nahm eine Geruchsprobe.

„Das hier ist kein Öl", war ihr fachfraulicher Kommentar.

„Wie, kein Öl? Das gibt´s doch gar nicht", war meine Reaktion. Sie schnupperte erneut und entnahm mit dem kleinen

Finger einen winzigen Tropfen, leckte ihren Finger ab und konstatiert trocken:

„Das ist Julischka."

Am Tisch brach herzhaftes Gelächter aus. Na, kein Wunder, dass der Salat nicht schmeckte. Wer mag schon Essig mit Julischka als Dressing?

Bevor ich reklamieren durfte, kreiste die Julischkaflasche ein paarmal am Tisch. Jeder nahm erstmal einen herzhaften Schluck, quasi als Entschädigung für mein mieses Gesicht während des Essens.

Nachdem ich der Bedienung das Malheur geschildert hatte, wurde sie ganz komisch. Wahrscheinlich hatte ihr Chef dies als geheimen Vorrat in der Ecke gebunkert, weil wohl selten ein Gast nach Öl und Essig fragte. Sie hatte dann nicht die Menage für die Gäste gegriffen, sondern dieses nette Gespann.

Eine kleine Entschädigung in Form von Schnäpsen ließ uns dann den restlichen Abend in gehobener Stimmung verbringen. Mein Magen war schon voll, deshalb konnte ein zweiter Salat mich nicht weiterbringen, und der Magen schmeckt ja auch nichts.

In diesem schönen Lokal bin ich bisher kein weiteres Mal gewesen. Ich hätte aber nicht übel Lust, noch einmal hinzugehen und wieder Essig und Öl extra zu bestellen. Und wenn wieder Julischka geliefert wird, dann wird es wohl ein ganz lustiger Abend werden.

Die Supermarktschlange

Ich stehe am SAMSTAG im Supermarkt. Ging leider nicht anders. Da kann ich am eigenen Leib erfahren, was da so abgeht. Parkplatz voll, rangieren ist gefragt. Ich quetsche mich in eine enge Parklücke am Arsch der Welt und latsche genervt zum Einkaufswagen-Unterstand, wo nur noch ein einziger rostiger, quietschender Karren zur Verfügung steht.

Drinnen sind die Gänge voll. Ich schiebe mich in Schlangenlinien an anderen Einkaufswagen vorbei, die mitten im Gang abgestellt sind.

Die Fahrer und Fahrerinnen sind irgendwo zwischen den Regalen verstreut, wo sie konzentriert Packungen, Dosen, Flaschen etc. vor ihre alterssichtigen Augen halten, um die winzigen Zutatenlisten zu entziffern.

In einigen Karren hocken gelangweilte Blagen, die sich verrenken, um an den Inhalt des Wagens zu gelangen, die Packungen aufzureißen und alles in den Mund zu stopfen, dessen sie habhaft werden können.

Da pures Olivenöl nicht so lecker ist, schmeißt ein Kind die Ölflasche in hohem Bogen in den Gang, wo sie mit einem lauten Klirren zerschellt und einen rutschigen Film auf dem Boden hinterlässt, auf dem auch prompt der erste Rentner mit einem Schrei ausrutscht.

Das Kind fängt an zu brüllen, weil es sich erschrocken hat. Von irgendwoher kommt eine Mitarbeiterin mit Küchenrolle, Handfeger und Dreckschüppe, um den gröbsten Mist zu entfernen und den Rentner wieder auf die Beine zu stellen.

Der humpelt fluchend weiter. Nichts gebrochen – Glück gehabt. Mittlerweile hat das Kind sein Geschrei abgebrochen. Es ist ja auch zu interessant, die Putzaktion zu beobachten und dem Rentner die Zunge rauszustrecken. Schließlich kommt die Mutter zurück und schiebt mit einem missbilligenden Blick auf die Umstehenden den Karren einfach weiter, ohne sich für die Öllache zu entschuldigen. Nur weg hier.

Auch die Wursttheke ist belagert. Die Leute kaufen lieber lose Wurst an der Wursttheke als eingeschweißte Ware. Zwar kommen die großen Würste genauso aus einer Packung wie die abgepackten Scheiben, aber hier bekommt man zur Wurst auch gleich noch das Aroma der Verkäuferin kostenlos dazu, die mit ihrem dicken Daumen jede Wurstscheibe ordentlich an die Gabel quetscht.

Nein, die abgepackte Wurst, unter hygienischer Schutzatmosphäre verpackt, wollen die Leute nicht. Ich muss für Opa Wurst mitbringen, also warte ich geduldig, bis ich an der Reihe bin.

Die Wurst, die er gern hätte, ist aber nicht mehr aufgeschnitten. Also begibt sich die Fleischereifachverkäuferin schnaufend nach hinten, um aus der Kühlkammer eine neue riesige Wurst zu holen. Sie wuchtet sie auf ein hölzernes Schneidebrett und zerteilt sie mit einem gezielten Messerhieb ziemlich genau in der Mitte. Die eine Hälfte lagert sie im Hintergrund zwischen, von der anderen schneidet sie einen ganzen Haufen Scheiben ab, den sie erstmal in der Auslage drapiert, wonach sie dann mit einer langen Fleischgabel gezielt in den Haufen sticht, eine gewisse Anzahl Scheiben abzählt, diese mit dem dicken Daumen an der Fleischgabel fixiert und meine Bestellung auf die Waage schmettert.

253 Gramm. Drei Gramm mehr als bestellt. Ich nicke das Gewicht ab, lasse mir die Wurst einpacken und bekomme mit einem routinierten „Schönes Wochenende!" die Packung über die Theke gereicht.

Weiter zur Waschmittelabteilung. Einige Leute umkreisen unauffällig die irgendwo aufgehängten Kondompackungen. Sie tun so, als ob sie eigentlich Zahnpasta oder was anderes Unverfängliches suchten und grabschen in einem vermeintlich unbeobachteten Augenblick eine Großpackung Kondome samt Gleitgel und lassen diese unter einem Beutel mit frischen Brötchen verschwinden.

Hm, wenn die Brötchenkrümel sich durch die Packung arbeiten, brauchen die gar keine Kondome mit Noppen mehr, denke ich und überlege, ob dies Zufall oder Absicht ist.

Nächster Halt: Tchibo. Leute stehen vor dem Regal mit den nicht mehr aktuellen

Angeboten. Die sind dafür wesentlich herabgesetzt. Sie kaufen daraufhin allen möglichen Quatsch und Schnickschnack, nur weil das Zeug ja jetzt so billig ist. Interessant. Ich habe keine Verwendung für quietschrosa Deko-Artikel und gehe weiter.

Irgendwann gelange ich zu den Kassenschlangen. Alle Schlangen stehen regungslos da, es ist von meinem Standort nicht auszumachen, welche Kassiererin die Schnellste ist. Allerdings stelle ich mich kurz auf die Zehenspitzen, um zu sehen, ob die blöde Kassiererin, die ich nicht leiden kann, irgendwo sitzt. Entwarnung. Die doofe Kuh hat wohl heute frei.

Dafür sitzen viele junge Männer an den Kassen. Oder junge Mädels, die nett geschminkt sind und so lange Fingernägel haben, dass ich mich frage, wie die überhaupt was anfassen können, ohne sich die Dinger gleich abzubrechen.

Ich steuere irgendeine Schlange an und nutze die Wartezeit, um mich zu entspannen und die Situation zu beobachten. Manche Leute betreiben Warteschlangen-Hopping und rennen dauernd hin und her zu der vermeintlich schnellsten Kasse.

Ich tue das nicht. Ich bleibe in meiner Schlange. Das ziehe ich durch. Vor mir ein Rentnerpaar. Er scheint zu doof zum Einkaufen zu sein, denn seine Frau redet pausenlos auf ihn ein und erklärt ihm, wie er gleich die Waren aufs Band zu packen hat, wenn sie endlich an der Reihe sind.

Ich luge in die Karre und denke mir, dass man sich als Rentner eigentlich gesünder ernähren müsste. Sehr zuckerlastig, was die dort im Einkaufswagen haben. Stopp – da sehe ich auch noch gehackte Mandeln, Schokoguss und jede Menge gute Butter – wahrscheinlich kommen morgen die Kinder und Enkel zu Besuch. Richtig – da ist auch noch ein großes Paket teurer Kaffee, Sahne, Büchsenmilch und ein Beutel mit kleinen Smarties-Päckchen. Also noch ziemlich klein, die Enkel, denke ich. Das Rentnerehepaar fängt an, mich zu langweilen, also drehe ich mich um und bin entzückt.

Hinter mir ein Einkaufswagen mit Kleinkind in dem Sitz, den man aufklappen kann. Ich schätze es mal auf ein Jahr. Es kaut auf irgendwas herum, ach, da sehe ich: es hat ein Milchbrötchen in der einen Hand, popelt mit einem Finger der anderen Hand weiche Stücke heraus und stopft sie sich in den Mund bis zum Zäpfchen.

Daraufhin fängt es an zu würgen, kann sich aber gerade noch beherrschen und schluckt schnell, bevor es anfängt zu kotzen. Die Mutter merkt nichts. Sie liest in einer Kochzeitschrift für Veggies.

Ich nutze die Gelegenheit und mache ein paar furchterregende Grimassen in Richtung Kleinkind. Mal schauen, in welche Kategorie dieses Exemplar gehört. Die sind nämlich nicht alle gleich.

Manche fangen an zu jauchzen und sich kaputt zu lachen. Wenn sich daraufhin die Mutter umdreht, um zu sehen, warum das Kind so gackert, werfen sie und ich uns einen freundlichen Blick zu, und die Mama ist ganz stolz, dass sich ihr Kind die wohlwollende Aufmerksamkeit einer Fremden erarbeitet hat.

Andere glotzen erst ungläubig und fangen dann mit Verzögerung an, eine Schnute zu ziehen, woraufhin sie in ohrenbetäubendes Geplärre ausbrechen. In dem Fall drehe ich mich weg und täusche Desinteresse vor. Die Mutter wundert sich dann, was ihr Kind haben mag und fängt an, es mit gurrenden Lauten zu beschallen, um es zu beruhigen.

Einige wenige reagieren indifferent. Sie zeigen keinerlei Reaktion, außer, dass sie mich mit großen Augen anglotzen. Sie brüllen zwar nicht, finden mich aber auch nicht lustig. Die sind ziemlich öde. Heute habe ich Glück: das Kind ist freundlich und strahlt mich an, und die Mama lächelt mit ihm um die Wette.

Wenn ich die Kindernummer abgezogen habe und immer noch nicht an der Reihe bin, schaue ich ein paar Minuten auf die Werbemonitore, um mich zu informieren, welche Makler, Handwerker und Partyservices in dieser Stadt rund um die Uhr für mich da sind. Wenn die Runde um ist und der erste Makler wieder auf dem Bildschirm erscheint, begutachte ich die Waren, die direkt an der Kasse lagern.

Dummerweise habe ich mich an eine süßwarenfreie Kasse gestellt, sonst würde ich jetzt den ein- oder anderen Schokoriegel einpacken, einfach aus Langeweile. Geht aber nicht, also bestaune ich das reichhaltige Angebot an Batterien, kleinen Schnapsflaschen, Zahnseide, allen möglichen Kabeln, Pfefferminz, Zahnbürsten, Kondomen – die sind für die, die in der Hygiene-Abteilung nicht die Eier hatten, zuzugreifen.

Auch das wird mir bald langweilig, und so schiele ich rechts und links in die Einkaufswagen und auf die Transportbänder, um zu schauen, was die Leute alles so einkaufen und was sie wohl am Wochenende kochen.

Einige laden Unmengen an Tiefkühlpizza auf, andere jede Menge Gemüse und Salat. Auch Toastbrot, Käse und Salami sehe ich, aha, die haben bestimmt einen Sandwich-Toaster. Andere häufen 10 Packungen Joghurt mit irgendwelchem

Schnickschnack zum Reinschütten auf. Dann wieder Fischstäbchen, gern genommen von Familien mit kleinen Kindern oder von Rentnern für die Enkelkinder.

Der ein- oder andere Saisonartikel wandert aufs Band. Jetzt ist Herbst, da sehe ich jede Menge Servietten mit Kürbisdruck, dann schreckliche Halloween-Masken, die bis hierher nach Chemie stinken.

Auch ordentlich Klopapier wird eingekauft. Ich kontrolliere, wie viele Lagen es sind und stelle mir dann die Leute auf dem Klo vor, und warum die einen vier Lagen benötigen, während die anderen schon mit zweien zufrieden sind.

Ich kann auch sehen, ob jemand ein Haustier hat. Die einen kaufen Katzenfutter, manche sogar das teure Zeug, das in der Werbung immer mit einem Sträußchen Petersilie angerichtet wird. Die haben dann eine Diva-Katze zu Hause. Andere wuchten eine Riesenpackung Hunde-Trockenfutter auf das Band. Entweder haben die eine Riesen-Töle zu Hause oder einen gefräßigen Dackel oder Chihuahua. Ich schaue mir die Leute an. Ein Mann in schwarzer Lederjacke mit Ringen an den Fingern. Ich stelle ihn mir einmal mit einem ordentlichen schwarzen Labrador an der Leine vor – ja, passt, dann mit einem Winzling im Arm und fange tatsächlich an zu grinsen.

Das wiederum legt ein Kunde an der Nachbarkasse als Anmach-Lächeln aus und taxiert mich von oben bis unten, bevor er sich wegdreht. Ist ja schon gut, denke ich, samstags gehe ich halt nicht aufgebrezelt in den Supermarkt, und überhaupt: du siehst auch nicht besser aus mit deiner Armeehose. Blöder Arsch.

Da bin ich auch schon dran. Der Student an der Kasse hebt seinen Knackarsch, um einen Blick auf die Nummer an meinem Wagen zu werfen. Dann fängt er an, alle meine Artikel über den Scanner zu ziehen. Er hat ein angenehmes Tempo, nicht zu schnell und nicht zu langsam.

Schließlich stellt er mir die obligatorische Frage, ob ich alles bekommen hätte und ob alles in Ordnung gewesen sei. Ja, alles wunderbar. Ich zahle mit Karte. Er wirft einen Blick drauf und verabschiedet mich, indem er mich mit Namen anspricht. Das müssen die. Ich frage mich, was die machen, wenn ein Kunde mit einem unaussprechlichen Namen kommt, der womöglich ausschließlich aus Konsonanten besteht. Böses Foul. Dann würde ich den Namen nicht sagen. Wäre mir blöd.

Ich habe fertig, lächle dem Studenten aufmunternd zu und begebe mich schleunigst zu meinem Auto. Ich war eine geschlagene Stunde dort im Supermarkt. In der Woche schaffe ich dasselbe Pensum in 35 Minuten. Aber dafür ist es dann nur halb so unterhaltsam. Man kann eben nicht alles haben, denke ich und fahre nach Hause.

Der Stau

Es ist Samstag, und ich muss nach Dortmund. Leider kann ich die Fahrt nicht verschieben, obwohl ich es liebend gern täte, denn die Borussen haben heute ein Heimspiel.

Die Stadt ist sowieso schon überfüllt, und jetzt kommen auch noch die Fans hinzu, die sich auf dem Weg ins Stadion befinden. Super. Am Stadteingang das riesige ADAC-Gebäude.

„Hm", denke ich, „ob die sich das wohl auch in Zukunft noch leisten können?"

Dann muss ich mich wieder konzentrieren. Die dreispurige Blechschlange bewegt sich gemächlich mit Tempo 10 weitere Meter vorwärts. Macht nichts, ich habe genügend Zeit eingeplant und nutze diese, indem ich verschiedene Radiosender ausprobiere. Endlich finde ich einen, der mich mit einem bekannten Lied beschallt. Ich kenne sogar den Text und schmettere diesen lauthals mit. Hört ja außer mir niemand. Aber man sieht mich. Die Insassen des Nebenautos schauen mich belustigt an und stoßen sich dann gegenseitig die Ellenbogen in die Rippen.

„Schau mal da, die hat sie nicht mehr alle." Gut, dann habe ich sie wohl nicht mehr alle, aber ich habe sicher hundertmal mehr Spaß als die da neben mir.

Jetzt kommt die Blechlawine zum Stillstand. Ich beschäftige mich damit, die Nummernschilder zu lesen und herauszufinden, ob die Fahrzeughalter mit der Wahl des Wunschkennzeichens eine Botschaft übermitteln wollen. Vor mir ein Porsche aus Stuttgart mit dem Kennzeichen S-EX 100. Angeber! Ich stelle mir den Typ vor, wie er mit schwäbischem Dialekt eine Frau nach der anderen flachlegt. Das ist doch eigentlich unvorstellbar. Sicher ist das Kennzeichen nichts als Irreführung.

Mein Blick schweift weiter nach links. Da: HA-RN. Ist der bescheuert! Das kann doch kein Wunschkennzeichen sein! Und wenn ich ein solches zugeteilt bekäme, hätte ich das aber ratzfatz wieder umgetauscht. Was gibt es noch?

BO-DY. Puh, das klingt nach aufgetakelter Blondine. Leider kann ich den Fahrer respektive die Fahrerin nicht erkennen, um meine Einschätzung zu überprüfen. Die restlichen Fahrzeuge in meinem Blickfeld geben nicht viel her. Die Kennzeichen sind langweilig und ergeben keinen Sinn, deshalb konzentriere ich mich jetzt auf die Zahlen. Das sind sehr häufig die Geburtsjahre der Fahrer.

Ich sehe 1977 und kontrolliere im langsamen Vorbeifahren, ob die Optik und die Jahreszahl übereinstimmen. Könnte passen. Ein paar Falten, aber sonst scheinbar ganz gut erhalten. Manche nehmen auch das Geburtsjahr des ersten Kindes. Wie originell!

Da fällt mir ein, dass ich mal schauen könnte, wie die Blagen so heißen. Die Eltern kleben ja gern Statements ans Auto wie „Sophia-Marie an Bord" oder so. In dem Fall sind oft rosa Hello-Kitty-Sonnenschutzblenden mit Saugnäpfen am hinteren Seitenfenster angebracht, damit das arme Kind bloß nicht von der Sonne geblendet wird. Klar, da würde es ja brätschen, und das ist einfach beim Fahren nicht lustig. Leider kann ich durch die Sonnenblende das Kind nicht sehen, wenn es denn überhaupt heute mitfährt. Schade. Auch das ist immer wieder lustig.

Manche schmücken ihre Kleinen mit einer Asi-Palme auf dem Köpfchen. Sieht ja halbwegs niedlich aus. Schlimmer sind im Winter die Tiermützen mit Ohren. Da muss das arme Kleinkind, ohne sich wehren zu können, als Bär, Hund oder sonstwas rumlaufen. Schrecklich!

Oder die Mütze hat hinten einen super langen spitzen Bommel, der den Kopf auf Dauer merklich nach hinten zieht. Ich seufze, weil mir mein eigenes Mützentrauma aus Kinderzeiten wieder einfällt. Ein scheußliches, hellblaues Ungetüm, das unter dem Kinn zugeknöpft wurde und schrecklich kratzte. Wahrscheinlich habe ich deshalb heute noch eine Abneigung gegen jede Art von Kopfbedeckung. Aber was soll´s? Ist ja lange her und heute kann ich selbst entscheiden, ob ich Mütze trage oder nicht. Die Schlange steht mal wieder. Langweilig jetzt. Ich habe alle Anregungen rechts, links und vorne abgegrast und kann mich nun wieder auf mich selber konzentrieren.

Meine Blase gibt leise Zeichen von sich, ich möge doch irgendwann mal eine Pause einlegen. Mist! Dabei habe ich doch extra ganz wenig getrunken und halte mich mit dem Lutschen von zuckerfreien Pfefferminzbömmkes über Wasser. Na, wird schon gut gehen, ist ja nicht mehr weit, nur noch anderthalb Kilometer.

Diese letzten anderthalb Kilometer haben es leider in sich. Der Stau hat sich manifestiert und rückt nicht mehr vor oder zurück. Ich werde immer unruhiger, weil ich befürchte, dass das Fassungsvermögen meiner Blase bald an seine Grenze kommen wird. Da, ein weiterer Meter nach vorn. Ich wippe nervös auf meinem Sitz auf und ab. Es nützt nichts. Der Harndrang lässt nicht nach.

Zum Glück bewegt sich die Kolonne wieder. Zwei Meter jetzt. Ich kann schon um die nächste Kurve sehen. Anscheinend geht es bald weiter, die vorderen Autos rollen schon leicht an. Ich verdrehe die Augen und hoffe, dass die Schlange nicht wieder stoppt.

Da hupt mich der Hintermann böse an. Verdammt! Da geht es voran und ich habe gepennt. Ich hebe entschuldigend eine Hand zum Rückspiegel und trete leicht aufs Gas. Diesmal zieht die Karawane weiter, und nach einer Viertelstunde habe ich es geschafft. Ich bin am Ziel. Mit letzter Kraft schaffe ich es aufs Klo. Ich glaube, ich fahre nie wieder nach Dortmund, wenn Borussia ein Heimspiel hat, egal wie dringend meine Angelegenheit auch sein mag.

Der Friseurbesuch

Ich muss mal wieder zum Friseur. Wie ich das hasse! Die meisten Frauen finden es toll. Sie genießen es, sich den Kopf massieren und frisieren zu lassen. Ich mag das überhaupt nicht. Und der Zeitaufwand! Mindestens zweieinhalb Stunden sind dann verplant.

Ich mag zwar meine Friseurin sehr gern, aber dennoch: die ganze Prozedur von Haare waschen, Haare färben, Haare wieder waschen, Haare schneiden, Haare fönen ist schon nervig.

Heute bin ich direkt nach der Mittagspause da, und trotzdem sitzt da schon eine Oma mit Wicklern im Haar bei einer Dauerwelle. Komisch, ab einem bestimmten Alter haben die meisten Frauen die gleiche Frisur: relativ kurz und Dauerwelle. Dann noch beige Klamotten dazu, und fertig ist die Attraktivität des Alters. Warum tragen die nicht mal Jeans und was Farbiges? Und vielleicht mal Strähnchen statt Einheitsgrau? Dann sähen sie schon viel flotter aus.

Aber was rege ich mich auf – sind ja nicht meine Haare und meine Klamotten.

Ich lasse mich in den Friseurstuhl plumpsen und greife zur bereit liegenden Zeitschrift. Die handelsübliche Frauenzeitschrift mit Frisurentipps, Schminktipps, Modetipps, Reisetipps, Rezepten, Horoskop, Psychotest: „Wie flexibel sind Sie?", Kreuzworträtsel, Witzen, Fotos vom roten Teppich, Skandalen aus der Promiwelt. Fällt denen denn nichts Neues ein? Ich gähne und blättere lustlos darin herum. Dann lege ich die Zeitschrift wieder weg. Uninteressant.

„Möchten Sie nicht mal eine neue Frisur?" Meine Friseurin drückt mir ein Frisurenmagazin in die Hand. Titel: Frisuren für die reife Jugend. Ich könnte schreien. Was finde ich da? „Pfiffige" Kurzhaarfrisuren für Damen über sechzig. Hilfe! Oder aber total bescheuerte Kunstfrisuren, die nur für die Dauer des Fotografierens halten und danach in sich zusammenfallen. Sowas bekommt man allein zu Hause doch niemals hin. Nein, danke. Ich bleibe bei meiner Frisur. Die habe ich wenigstens im Griff.

„Kann ich einen Kaffee haben?" fragt die Oma im Stuhl neben mir. „Haben Sie auch koffeinfrei? Ich kann nämlich kein Koffein mehr vertragen, wissense, das Herz. Letzten Monat war ich ja bei Doktor Herzschlag, der hat ja ein Belastungs-EKG mit mir gemacht, wissense. Dabei hat sich ja herausgestellt, dass mein Herz nicht mehr ganz so belastbar ist."

Ich frage mich, wieso die Oma nicht schon selber darauf gekommen ist, dass ein Herz über siebzig nicht mehr so leistungsfähig sein kann wie ein junges. Und wieso benutzt sie dauernd das Wort „ja"?

Sie bekommt ihren Kaffee.

„Kann ich auch Milch und Zucker haben? Wissense, das macht ja den Kaffee viel bekömmlicher." Sie bekommt Milch und Zucker, kippt alles in den Kaffee und rührt gehörig um. Dann führt sie die Tasse zum Mund und zuckt zusammen. „Meine Güte, ist der aber heiß! Nein, der muss erst ein bisschen abkühlen, wissense. Früher, da konnten mir ja der Kaffee und das Essen nicht heiß genug sein, aber heute? Da bekomme ich ja sofort Brandblasen auf der Zunge."

Sie stellt die Tasse klappernd ab. Dann wendet sie sich mir zu.

„Könnte ich mal die Zeitschrift haben? Oder brauchen Sie die noch?" Ich verneine und reiche ihr mein Exemplar.

„Sie sind aber auch ein bisschen blass. Geht es Ihnen nicht gut?" fragt sie mich. Mir geht es wunderbar. Mein Teint ist halt immer etwas heller als der anderer Leute. „Nein, alles bestens", versichere ich ihr.

„Na, Sie sollten aber mal Ihre Eisenwerte überprüfen lassen. Meine Nichte, die ist ja auch immer so blass, wissense. Da habe ich ihr geraten, mal zum Arzt zu gehen. Und was war? Die hatte Leukämie! Ja, das war ein Schreck, kann ich Ihnen sagen. Die ganze Familie in Aufruhr. Aber jetzt geht es ihr wieder gut. Also denkense dran: besser einmal zu viel zum Arzt als einmal zu wenig."

Ich verspreche ihr, bald zum Arzt zu gehen und verstecke mich hinter der Frisurenzeitschrift. Da geht die Tür auf und ein Herr um die sechzig tritt ein.

„Hallo Maria", ruft er, „na, Mädel, hast du heute Zeit für einen alten Knopp?" Die kennen sich wohl schon lange. Maria lächelt.

„Na klar, Karl-Heinz. Ich habe aber noch zwei Kundinnen. Möchtest du in der Zwischenzeit einen Kaffee oder hast du noch was in der Stadt zu erledigen?"

„Ach, gib mir mal einen Kaffee. In der Stadt ist nichts los, da sitze ich doch hier so schön gemütlich."

Maria hat nur einen kleinen Salon und macht alle Arbeiten allein. Das macht es so gemütlich. Keine gezierten, aufgebrezelten Tussen, die einem mit den Fingerspitzen die Haare waschen und dauernd fragen: „Ist das Wasser so angenehm?" Nein, hier ist alles bodenständig und echt. Ich liebe es.

Karl-Heinz nimmt ächzend im Wartesessel Platz und nimmt seine Tasse Kaffee entgegen.

„Na, was machen die Enkelkinder?" fragt er.

„Gut, gut, und deine?"

„Geh mir weg. Die sind jetzt in der Pubertät. Ganz schlimme Zeit, ganz schlimm."

„Wieso", fragt Maria, „sind die denn schlimmer als andere? Dass die Blagen in dieser Zeit nicht ganz einfach sind, ist ja nun mal so."

„Ach, die sind ganz schrecklich. Immer mit dem Handy in der Hand am Fummeln. Können nicht zuhören, wenn man mit ihnen spricht, ganz schrecklich."

Ich schlage Karl-Heinz vor, seine Enkel entweder auf dem Handy anzurufen oder sich selber bei What´s app anzumelden und mit ihnen zu chatten.

„Bin ich denn bescheuert?", regt er sich auf. „So ein Quatsch! Die sollen sich gefälligst anpassen. Saubande!"

Na, denke ich, dann muss er wohl auf die Kommunikation mit seinen Enkeln verzichten. Ich hätte an deren Stelle auch nicht so viel Lust, mich mit meinem Opa zu unterhalten. Immer dieses Gemeckere. Ich kann mich noch gut an meine Teenager-Zeit erinnern. War für alle Seiten nicht ganz einfach.

Ich bin dran. Maria bürstet meine Haare und schlägt die ein- oder andere leichte Veränderung vor. Ja, sie hat Recht: ich sollte vielleicht eine leichte Stufung reinbringen lassen, dann wirken die Haare fülliger.

Dann geht es weiter mit Färben. Strähne für Strähne wird das stinkende Zeug aufgebracht. Ich sitze da und sehe aus, als hätte ich in die Steckdose gepackt.

Derweil unterhalten sich Karl-Heinz und die Oma über alte Zeiten. Hört sich an, als sei damals alles viel besser gewesen, bis Maria einschreitet.

„Also mal ehrlich", sagt sie, „ich bin froh, dass sich einiges verändert hat. Mit meiner Mutter hätte ich damals nicht tauschen wollen. Die Frauen dauernd schwanger, nichts als Arbeit, keine warme Dusche, also ich find´s heute viel besser."

„Aber die Jugendlichen, die…"

„…waren früher genauso aufmüpfig wie heute", wirft Maria ein, „das liegt in der Natur. Alle Jugendlichen in allen Zeiten waren und sind so, da kann man nun mal nichts machen."

Bevor die Diskussion weiter eskaliert, piepst eine Eieruhr. Die Dauerwelle der Oma ist fertig. Maria fängt an, die kleinen Wickler aus den Haaren zu fummeln. Ich schließe meine Augen und döse vor mich hin. Eine Weile redet mal niemand.

„Uh, da ist mir was ins Ohr gelaufen", jammert plötzlich die Oma. Maria eilt mit einem Handtuch zu Hilfe und tupft das Ohr ab.

„Iih, und im Nacken läuft es auch!" Die Oma nervt. Definitiv.

Als bei der Oma alles so weit getrocknet ist, werden die Haare wieder aufgewickelt, diesmal zum Trocknen. Jetzt sind der Oma die Wickler zu stramm. Endlich sind alle Haare eingedreht, und meine Eieruhr geht los. Ich schiebe meinen Stuhl mit den Hacken nach hinten zum Waschbecken und lege meinen Kopf in die Aussparung. Das Porzellan drückt. Das Wasser rauscht. Es ist ein bisschen frisch, aber ich möchte nicht auch noch meckern. Mir wird kalt, aber ich sage nichts. Ein bisschen Wasser kleckert über und läuft mir am Nacken entlang und in meinen Pullover. Egal. Ist ja mein alter Friseurpullover. Falls mal Farbe drankommt, entsteht nicht gleich ein großer Schaden. Ich rutsche im Stuhl hin und her. Rückwärtswaschen ist unangenehm. Immer wieder kommt neues Shampoo in die Haare, ich werde gefühlt zwanzigmal gewaschen und abgespült.

Endlich ist Maria fertig und ich darf mich wieder aufrecht hinsetzen. Ein dünnes Rinnsal läuft von der Stirn neben dem Ohr vorbei nach unten und verschwindet in meinem Pullover.

Maria zückt die Schere. Das gefällt mir. Wenn erstmal das Schneiden dran ist, habe ich das Gröbste hinter mir. Ich beobachte, wie die abgeschnittenen Haarsträhnen nach unten auf den Boden fallen. Ein ganz ansehnliches Häufchen hat sich dort angesammelt. Könnte man mich eigentlich aus den Haarabfällen heimlich klonen? Ich weiß es nicht. Ich glaube nicht. Dann müsste schon die Haarwurzel noch dran sein. Das ist aber eher unwahrscheinlich.

Karl-Heinz schaut ungeduldig auf die Uhr.

„Bist ja gleich dran", sagt Maria mit einem Seitenblick auf ihren Kunden. Ja, sie bekommt alles mit. Karl-Heinz fühlt sich ertappt.

„Ich hab´s nicht eilig, ist so eine Angewohnheit. Ich schaue immer zwischendurch auf die Uhr, weißt du?"

Aha.

Mein Haarschnitt ist fertig. Ich schüttele ein paar Mal den Kopf, dann geht´s weiter mit Haarfestiger. Auf eine Kopfmassage verzichte ich, das kennt Maria schon bei mir. Anfassen ist nicht so mein Ding.

Also gleich weiter mit Fönen. Als Maria fertig ist, sehe ich mir gar nicht mehr so ähnlich. Friseure fönen irgendwie anders. Man sieht danach immer so aufgeplustert aus. Und es riecht ganz anders als das Shampoo, der Festiger und das Haarspray zu Hause. Ich kann immer riechen, wenn jemand frisch beim Friseur war. Dann zieht man so eine Wella-Wolke hinter sich her.

Ich darf die fertige Frisur nochmal von hinten betrachten. Ist alles in Ordnung.

Noch bezahlen und schnell weg. Ist immer so ein Zeitaufwand beim Friseur.

Maria schüttelt mir die Hand. Hoffentlich geht sie nicht so bald in Rente. Ist immer wieder schön bei ihr.

Tschüss, bis zum nächsten Mal!

**Windeltu und Old Käckelhemd
- die wahre Geschichte**

Vergiss Karl May – die Geschichte von Windeltu und Old Käckelhemd beginnt viel früher und auch nicht im Wilden Westen, sondern, von dort aus gesehen, im Ollen Osten.

Windeltu kam als Kind von Eltern mit Migrationshintergrund auf die Welt, und als er so in seinem Wigwam aus hellblö lag, hörte er aus der Nebenwiege ein leises Wimmern.

„Alles in Ordnung?" fragte er auf Bebisch.

Bebisch ist für Erwachsene unverständlich und klingt, je nach Gemütslage des Sprechenden, wie „Örö", „Dadagaga" oder wie Geschrei.

„Nein", kam die Antwort, „man hat mich gerade mit Gewalt aus meiner gemütlichen Bauchhöhle gepresst, und mir tun alle Knochen weh".

„Ach so", antwortete Windeltu, „das habe ich schon einen Tag hinter mir. Glaub mir, Kumpel, das ist das kleinste Übel. Was meinst du, wie dir vom ersten AA der Popo brennt, und an das Essen kommst du auch nur mit Anstrengung heran. Du saugst dir einen Wolf, kann ich dir sagen. Die Saugerei für die paar Tropfen Milch ist richtig anstrengend, danach bin ich immer ganz fertig".

„Das sind ja schöne Aussichten", meinte Old Käckelhemd, „dabei dachte ich, nachdem man mich verdroschen hat, als ich erstmal raus war, es könnte nur besser werden".

„Das kannst du dir knicken", kam die frustrierte Antwort, was für Erwachsene wie ein lauter Schrei klang, denn sofort kam eine Schwester angerannt, riss Windeltu aus seinem Wigwam, wiegte ihn im Arm, machte „Sch sch", schulterte ihn und klopfte ihm auf den Rücken.

Während sie ihn hinaustrug, rief er seinem Kumpel zu:

„Pass auf, was du sagst, sonst kommen sie sofort und verschleppen dich", und schon war er durch die Tür verschwunden.

„Wo bin ich hier nur gelandet?" fragte sich Old Käckelhemd, entließ einen leisen Pups in seine Windel und schlief erschöpft ein.

Pheromone

Man sagt ja, Pheromone seien unter anderem im Schweiß enthalten. Besonders im Achselschweiß. Und ganz besonders im Achselschweiß erwachsener Männer. Also so richtiger Männerschweiß, der macht alle Frauen heiß.

Mich nicht.

Die Pheromone, die bei mir wirken heißen Boss, Calvin Klein, Paco Rabanne, Diesel, Armani oder Joop. Oder wie auch immer. Selbst Tabac oder Old Spice sind mir noch lieber als Naturstinker. Da kommt mir eher mein Frühstück wieder entgegen als dass ich hinter einem solchen Stinktier herlaufe.

Okay, wenn ich mitkriege, dass ein Mann schön duftend anfängt zu arbeiten und nachher riecht er ein bisschen muffig unter den Armen – damit kann ich umgehen. Das lässt sich durch Duschen schnell wieder beheben. Das ist legitim und ehrbar.

Wenn ich aber im Fitnessstudio schon morgens um acht auf einen Rentner-Puma treffe, der die Pheromone schon eingebrannt am ganzen Körper hat, dann werde ich aggressiv. Wer morgens früh schon stinkt, der hat seine Pheromone nicht redlich durch körperliche Arbeit erworben, sondern sie sich heimlich durch Unsauberkeit erschlichen. Und das geht überhaupt nicht!

In einem solchen Fall verziehe ich mich stets nach Möglichkeit in die diagonal gegenüberliegende Ecke und hoffe, dass die Pheromone nicht so schnell hinterherkommen. Wenn der Opa allerdings nach und nach jede Ecke aufgesucht hat, kann man dem Schweißgestank nicht mehr entkommen. Leider geht das in der Regel recht schnell. Also muss ich bei meinen Übungen mindestens einen Zahn zulegen, wenn das überhaupt reicht. Und dann fluchtartig die Lokalität verlassen. Dabei den Atem anhalten und im Ausatmen ein genervtes „Tschüss" raushauen. Geschafft!

Leider lauern die Pheromone überall. Überall dort, wo Leute still stehen, kommen sie durch die Luft angewabert und hüllen einen ein. In der Schlange im Supermarkt, am Geldautomat, wo der Gestank auch noch über der Tastatur hängt, wenn der Puma längst verschwunden ist, bei der Post, im Handy-Laden, im Bus und so weiter.

An Tankstellen geht´s besser. Da wird der Mief durch den Benzingeruch überdeckt. Schnell mal tief einatmen, schon ist man halbwegs high und die Pheromone können einem nichts mehr anhaben.

Früher war es einfach, den Pheromonen ein Schnippchen zu schlagen: da hat man kurzerhand eine Zigarette angezündet. Na gut, die roch auch nicht wirklich lecker, aber immer noch besser als die Ausdünstungen aus den Schweißdrüsen.

Im Winter geht es auch noch, da sind alle so dick eingemummelt, dass der Gestank unter der Winterjacke gehalten wird. Hauptsache, es ist kühl genug, um die Jacke anzubehalten.

Aber im Frühling, wenn auch noch die menschliche Brunft beginnt, ist es kaum zum Aushalten. Und wenn es noch wärmer wird, kommen leider auch noch ungepflegte Männerfüße ohne Socken in Bergwandersandalen dazu.

Und da wundert sich noch jemand, dass die Deutschen aussterben? Also ich nicht.

Wotz Äpp

What´s app ist eine geniale Erfindung. Es erleichtert die Kommunikation ungemein. Man kann Textnachrichten austauschen, Fotos, Filmchen, Sprachnachrichten – ein unerschöpfliches Medium eben.

Da der Mensch mit einem relativ starken Spieltrieb ausgestattet ist, tendiert der ein- oder andere dazu, diesen auf What´s app auszuleben. Da werden von erwachsenen Menschen Videos von blauen Schlümpfen mit quakigen Stimmen verschickt, die einem mit großem Augenaufschlag und naiver Redeweise mitteilen, dass schon wieder Montag ist. Na toll!

Oder schlüpfrige Fotos von halbnackten Männern mit Sixpack-Bäuchen, die sich Frauen als Allround-Handwerker anbieten.

Man muss schon einiges aushalten, wenn man sich dieser Kommunikationsform bedient. Ein weiteres Detail ist, dass man Gruppen bilden kann. Man richtet eine Gruppe ein, benennt sie und fügt bestimmte Menschen hinzu, und schreibt man etwas, dann erhalten es alle Mitglieder. Ungemein praktisch. Fast jede Familie hat eine Familiengruppe. Mama schreibt: Essen ist fertig! Und alle wissen Bescheid. Schont die Stimmbänder.

Auch viele Arbeitskollegen richten solche Gruppen ein. Das ist manchmal sehr nützlich, wenn zum Beispiel jemand krank wird. Er schreibt dies in die Gruppe, und alle wissen: Mist, heute wird´s hektisch. Das Ganze funktioniert wunderbar, wenn alle auf demselben Stand der Technik sind. Wenn aber jemand mitmacht, der sich noch im technischen Niemandsland befindet, so kommen oft sehr lustige Unterhaltungen zustande, wie zum Beispiel bei Firma Kühlkötter aus Witzmannshausen im Sauerland.

Es gibt dort eine Gruppe für die Abteilung „Einkauf". Mitglieder: Sybille, Lola, Jacqueline, Sonja, Miriam, Annemarie, Pia, Ruthchen, Charlotte, Roberta und Verena. Administratoren sind Ruthchen und Charlotte. Die Gruppe funktioniert reibungslos. Es werden am laufenden Band irrelevante Witze, Filmchen und Sprüche geteilt. Diese Dinge betten die wirklich wichtigen Informationen wie „Bin krank" oder „Abteilungsausflug am…" ein. Sara macht nicht mit, das ist nicht ihr Ding, und Franzi hat es bisher noch nicht geschafft, What´s app zu installieren.

Eines Tages sitzt Franzi mit einer Grippe zu Hause und hat Langeweile. Da sie bereits ein Smartphone besitzt (mit dem sie bisher nur Fotos gemacht und ein paar SMS verschickt hat), begibt sie sich daran, What´s app zu installieren und endlich auch am Gruppenleben teilzunehmen.

Die Installation scheint gelungen zu sein, allerdings ist ihr nicht klar, wie eine Gruppe funktioniert. Statt sich von den Administratoren hinzufügen zu lassen, meint sie, in diese Gruppe zu kommen, indem sie diese auf ihrem Handy installiert. Sie klickt also auf „neue Gruppe" und legt los. Sie nennt die Gruppe „Einkauf Kühlkötter", worauf ein reger Informationsaustausch in der Gruppe erfolgt, und zwar so:

Ruthchen: Hallo Charlotte, Franzi hat versucht, eine neue What´s App Gruppe zu gründen. Besser wäre es, wenn Du sie in die bestehende Gruppe aufnimmst. Telefon: 0171 …

CHARLOTTE HAT FRANZI HINZUGEFÜGT

Charlotte: Hallo Franzi, willkommen im Einkauf-App.

Ruthchen: Sach mal, Pia, wann ist unser Abteilungsausflug denn eigentlich?

Pia: Entweder am 23. Oder am 30. Das muss ich noch mit dem Wirt besprechen. Ihr könnt ja schon mal überlegen, welcher Termin euch passt.

Franzi: Hallo an das Team, wenn ich wieder fit bin, würde ich gerne am 23. mitkommen.

Lola: Hallo Franzi, gute Besserung.

Franzi: Hallo Lola, danke für die Genesungswünsche. Ich muss in ein paar Tagen nochmal zum Arzt, hoffe, dass es dann besser ist.

Ruthchen: Auch von mir gute Besserung.

Sonja: Was ist denn da passiert? Gute Besserung, Franzi.

Annemarie: Auch von mir gute Besserung.

FRANZI HAT DEN BETREFF ZU „EINKAUF KÜHLKÖTTER" geändert.
Sibylle: Warum, Franzi?
Franzi: Hallo Sibylle, habe ich dich irrtümlich angesprochen? In der Gruppe erscheinst du nicht mit deinem Namen. Das war dann ein Test.
Sonja: Franzi, hast du Langeweile?
Ruthchen: Hallo Franzi, warum hast du denn unseren Gruppennamen geändert?
Franzi: Sorry, das sollte nicht sein. Ich übe noch.
Lola: Dann versuch mal ihn wieder zu ändern.
Franzi: Danke.
Lola: Du sollst es versuchen!!
Franzi: Einkauf Kühlkötter
Ruthchen: Was meinst du denn damit?
Sibylle: Franzi, alles in Ordnung?
Lola: erstauntes Emoji
Charlotte: Ruthchen, du bist auch eine Administratorin, du hättest Franzi auch selber hinzufügen können.
Ruthchen: Echt? Wusste ich gar nicht. Danke für die Info.

Sibylle: Ich wusste gar nicht, dass man den Gruppennamen ändern kann, wenn man kein Administrator ist.

PIA HAT DEN BETREFF ZU „EINKAUF" GEÄNDERT.

Hoffentlich bekommt diese Unterhaltung niemand außerhalb der Firma zu Gesicht.

Für Ihr Alter…

Wenn ich das schon höre: „Für Ihr Alter ist der Blutdruck noch ganz in Ordnung". Ich könnte schreien.

Natürlich hat jedes Alter einen anderen idealen Blutdruck, Hormonspiegel oder Cholesterinwert, aber der Ausdruck „für Ihr Alter" impliziert schon ein höheres Verfallsdatum. Einer Zwanzigjährigen würde das niemand sagen. Echt ärgerlich. Kann der Arzt nicht einfach sagen: „Ihr Blutdruck ist wunderbar", oder „Hormonspiegel im Normalbereich" oder „kein Problem mit Cholesterin"?

Kann man das nicht einfach auch so sagen?

Also bitte: beim nächsten Mal möchte ich nicht so herabgewürdigt werden.

Allerdings gibt es diesen blöden Ausdruck auch für alle anderen Situationen im Leben: für Ihr Alter sehen Sie aber noch ganz schön flott aus.

Für Ihr Alter sind Sie aber noch ganz schön flink.

Für ihr Alter ist sie aber noch ganz schön flippig, findest du nicht?

Für ihr Alter hat sie aber noch eine tolle Figur.

Für ihr Alter sieht sie noch ganz gut aus.

Hallo: heißt das nicht: eigentlich sieht sie scheiße aus, aber OK, wenn man das Alter berücksichtigt, muss man sagen: es geht noch schlimmer. Die meisten Visagen sind schon scheußlich. Verglichen damit ist es bei ihr noch erträglich.

Oder: eigentlich hat sie einen ganz schön fetten Arsch, aber OK, wenn man das Alter berücksichtigt, muss man sagen: es geht noch schlimmer. Die meisten Ärsche sind schon scheußlich. Verglichen damit ist es bei ihr noch erträglich.

Meine Güte! Warum kann man nicht einfach so sagen: „Mensch, die sieht gut aus" oder „Mensch, die hat eine gute Figur"?

Das wäre doch mal wertfrei.

Herrentaschentuch

Das Herrentaschentuch gehört zu den bedrohten Spezies in den Wäscheschränken unseres Planeten. Kaum ein Herr benutzt noch dieses weiße, quadratische große Baumwolltuch mit den farbigen Streifen am Rand.

Das Wegwerf-Taschentuch aus Zellstoff oder Altpapier hat die altmodische „Rotzfahne" abgelöst. Ich finde dies äußerst bedauerlich.

Immerhin gehört wenigstens mein Gatte noch zu den letzten seiner Art: zu den Herrentaschentuch-mit-sich-Herumträgern. Er putzt sich damit natürlich nicht die Nase. Diese Funktion hat das Herrentaschentuch schon lange nicht mehr. Für solche Dinge hat auch er Papiertaschentücher dabei.

Nein, er trägt das Tuch fein säuberlich gefaltet in seiner rechten Hosentasche. Es ist, genau wie das Schweizer Armeemesser, ein Allrounder und kommt in vielen Situationen zum Einsatz.

Zunächst dient es als wunderbares Brillenputztuch, das auch ich hin und wieder in Anspruch nehmen darf.

Es gibt aber auch dramatischere Situationen, in denen es hilfreich ist, beispielsweise bei weiblichen Tränenausbrüchen. Wird es dann ritterlich gereicht, trocknen die Tränen wesentlich schneller. Allein die Geste wird als tröstlich empfunden und sehr positiv aufgenommen. Frau kann nach Herzenslust hineinweinen, ohne dass es sich in seine Bestandteile auflöst. Das ganze Gesicht kann hinter dem Tuch versteckt werden, bis die Augen wieder ein wenig abgeschwollen sind.

Ist Frau mit dem Taschentuchspender nicht verbandelt, wäre es aber gerne, lässt es sich ein paar Tage später gewaschen und gebügelt wieder zurückgeben und bildet einen idealen Einstieg in eine neue Partnerschaft.

Auch die Fleckentfernung ist mit dem Herrentaschentuch beinahe ein Vergnügen. Mit Mineralwasser getränkt, reibt es fast jeden Fleck nahezu rückstandsfrei heraus, es lösen sich keine Fasern, und die aufgenommenen Fleckreste lassen sich mühelos herauswaschen.

Hat man bei einer Wanderung die Kappe vergessen, fungiert das Herrentaschentuch sogar als Sonnenschutz: mit Knoten an allen vier Zipfeln beult es sich zu einer Mütze und kann so gut auf dem Kopf getragen werden. Zugegeben: es sieht unschön aus, erfüllt aber seinen Zweck und beugt speziell bei Glatzenträgern der Entstehung eines Sonnenbrandes vor.

Fehlt am Wochenende der Kaffeefilter, so kann das Herrentaschentuch auch diesen ersetzen. Es sollte allerdings nicht mit Weichspüler gewaschen worden sein, sonst zieht der Lavendelgeschmack direkt in das Kaffeepulver.

Offene Wunden lassen sich gut mit einem Herrentaschentuch abdecken, wenn man gerade nichts anderes zur Hand hat. Ob es sich direkt um die betroffene Gliedmaße wickeln lässt, hängt maßgeblich vom Arm- oder Beinumfang des Verletzten ab. Bei Kindern funktioniert es wunderbar und passt fast immer.

Auch als kurzfristige Tragetasche für Kastanien oder Gummibärchen kann das Herrentaschentusch herhalten. Man sollte allerdings darauf achten, die Zipfel gut zu verknoten, damit der Inhalt sich nicht unkontrolliert in der Hosen- oder Handtasche verteilt.

Gäbe es einen Gebrauchsgegenstands-Nützlichkeits-Oscar, so würde ich ihn ganz sicher an das Herrentaschentuch verleihen.

Holzlatte

Wir müssen unseren neuen Strandkorb winterfest machen. Ein paar Mal ist er uns schon umgekippt – der Herbstwind war zu stark. Deshalb haben wir das Ding auf die Terrasse geschleppt. Dort steht er nun im Windschatten des Hauses und harrt unter seiner Plane des nächsten Frühlings.

Damit er keine nassen Füße bekommt, wollen wir ihn auf vier Holzstückchen stellen. Kann ja nicht so schwer sein, welche im Baumarkt zu besorgen. Also machen wir uns auf den Weg, um dort einzukaufen.

Wir treten durch die automatische Tür und sehen uns um. Wo gibt es denn solche Holzstückchen, wie wir sie brauchen? In der Gartenabteilung? In der Innenausbau-Abteilung?

Hm. Wir steuern erstmal eine Theke in der Nähe der Abteilung für Holzinnenausbau an.

„Guten Tag", sagt mein Mann, „ich brauche ein paar Holzstückchen, vielleicht einfach eine grobe Holzlatte in passende Stücke zersägt?"

„Da lache ich mich aber jetzt kaputt", erwidert der Typ ironisch. Wir schauen uns fragend an. Was meint der denn jetzt?

„Sie sind jetzt die siebten Kunden", erklärt uns der Mann. Okay, denke ich, was hat das mit unserem Wunsch zu tun? „Heute wollen alle immer nur Kleinigkeiten zum Basteln", kommt die Erklärung. Wir haben immer noch nicht verstanden, was das nun mit uns zu tun hat. Mein Mann wird langsam sauer.

„Können Sie uns dann bitte eine Latte in passende Stücke sägen?" beharrt er. Der Kerl drückt uns eine Latte in die Hand und sagt:

„Also, sägen kann ich die hier nicht." Als mein Mann schon fast anfängt vor Wut zu knurren, fährt er hastig fort:

„Ich habe hier leider keine Säge, aber drüben in der Gartenabteilung, die können Ihnen helfen." Er zeigt mit dem ausgestreckten Arm in die entgegengesetzte Richtung.

Aha, da müssen wir jetzt also mit einer zwei Meter langen groben Holzlatte durch den ganzen Baumarkt marschieren, weil die in der Holzabteilung keine Säge haben? Der Sinn erschließt sich mir nicht ganz. Trotzdem setzen wir uns in Bewegung und treffen in der Gartenabteilung auf eine Angestellte im grünen Kittel.

„Was kann ich für Sie tun?", fragt sie. „Könnten Sie uns bitte diese Latte in vier Stücke sägen?", bittet mein Mann, „Ihr Kollege hat uns zu Ihnen geschickt."

„Ah ja", antwortet sie, „wir haben hier drüben eine Kundensäge".

„Wie?", fragt mein Mann heiter, „eine Kundensäge? Sägen Sie hier Ihre Kunden in Stücke?" Der Scherz kommt bei der Dame nicht an. Sie scheint sich mit sowas nicht auszukennen. Irritiert führt sie uns zu einer Kreissäge, die komplett ohne jeglichen Fingerschutz auskommt und meint, dort könnten wir das Holz sägen.

Da wir beide keine Säge-Fachkräfte sind, bitten wir die Frau, uns die Handhabung der Säge zu zeigen. Gönnerhaft meint sie:

„Ach, kommen Sie, ich mache das mal eben für Sie", greift sich die Latte, misst kurz ab und schiebt sie Richtung Sägeblatt.

„Vorsicht! Passen Sie bloß auf Ihre Finger auf!", ruft mein Mann. Schließlich wollen wir nicht schuld daran sein, wenn die Frau nachher mit abben Fingern nach Hause geht. Sie sieht uns genervt an.

„Ja, schon gut, ich passe schon auf", erwidert sie, „ich mache das ja nicht zum ersten Mal." Jedes Mal, wenn sie die Latte wieder vor das Sägeblatt schiebt, ruft mein Mann ihr eine Warnung zu. Schließlich ist die Latte zersägt, unsere Nerven und die der Angestellten aber leider auch.

Wir klauben die Stücke zusammen und verabschieden uns Richtung Kasse. Auf dem Weg dorthin hauen wir uns mal eben noch ein paar Splitter in die Finger, wie sich das gehört. Nun liegen die Holzstücke in unserem Wohnzimmer und warten darauf, unter den Strandkorb geschoben zu werden. Ich glaube, das machen wir lieber morgen.

Ich kann nicht schlafen

Eigentlich ist es ein ganz normaler Abend mit ganz normaler Zu-Bett-Geh-Zeit. Ich lese noch ein Weilchen, bis mir die Augen zufallen und mir das Buch auf die Nase knallt. Dann lege ich schlaftrunken das Buch weg und mache das Licht aus.
Und bin hellwach.
Naja, denke ich, kann ja mal passieren. Ich drehe mich ein paar Mal von links nach rechts, seufze und hoffe, dass ich jetzt einschlafen kann. Weit gefehlt.
Ich starre mit offenen Augen in die Dunkelheit und versuche es mit Schäfchen zählen. Ich komme bis zwanzig, dann geht mir das Blöken auf den Wecker.
Außerdem denke ich an Wolle und wie sehr Wolle bei mir auf der Haut kratzt. Baumwolle ist da zwar angenehmer, aber reine Baumwolle leiert auch schnell mal aus. Sieht auch nicht schön aus. Synthetik ist da irgendwie formstabiler, aber man riecht schnell mal nach Schweiß.
A propos Schweiß: seit ich das Deo mit Aluminium abgesetzt habe, hält mein Deo-

Schutz nicht mehr so lange. Da muss ich öfter mal nachbessern. Auch blöd, dauernd Deo mit sich herumzuschleppen.

Von schleppen komme ich auf Schleppe, und dass im Bekanntenkreis lange keine Hochzeiten mehr stattgefunden haben. Stattdessen mehr Scheidungen und Sterbefälle. Ich seufze. Tolles Thema zum Einschlafen.

Ich liege auf dem Rücken und glotze ins Leere. Da ich aber nie auf dem Rücken schlafe, drehe ich mich auf die Seite und versuche es mal mit Achtsamkeitsübungen. Ich mache mir bewusst, wo meine Hüfte und meine Schultern in die Matratze einsinken.

Dabei fällt mir wieder ein, wie mein Mann und ich mal Wasserbetten getestet haben. War sehr lustig. Meinem Mann war es etwas peinlich.

„Ist ja wie bei Loriot", schimpfte er, als wir nebeneinander auf dem unstabilisierten Wasserbett auf und ab schaukelten.

Wir wechselten zu einem beruhigteren Bett ohne Wellengang. Sehr schön. Dann probierte ich aus, mich auf dem Ellenbogen abzustützen, wie ich es immer beim Lesen im Bett mache. Ich sank meilenweit tief ein. Mist, da kann ich ja gar nicht gemütlich im Bett lesen. Außerdem muss man dauernd die elektrische Heizung anhaben, damit das Wasser nicht abkühlt. Das Wasser wiederum wiegt ja auch wahnsinnig viel, ob das wohl bei uns mit der Statik hinkam? Ich weiß noch, dass ich den Gedanken an ein Wasserbett damals genervt aufgab.

Ich wälze mich erneut hin und her. Mein Mann fängt an zu schnarchen. Das tut er äußerst selten, aber leider immer dann, wenn ich nicht schlafen kann. Oder ich höre es immer nur dann.

Ich schiebe ihn vorsichtig an, damit er sich umdreht und aufhört zu schnarchen. Wecken will ich ihn ja nicht, er soll nur ruhig sein. Das klappt zum Glück.

Ich muss schmunzeln, wenn ich daran denke, dass mir mal jemand sagte, man müsse pfeifen, dann höre das Schnarchen auf. Ich kann aber leider nicht pfeifen. Jetzt muss ich fast laut lachen, unterdrücke den Impuls aber und vibriere so vor mich hin.

Daraufhin dreht sich mein Mann schlaftrunken zu mir um.

„Was ist denn los?" fragt er genervt. „Nix, ich musste nur grad lachen." Er schnaubt verständnislos und pennt einfach weiter. Ich bin neidisch. Bei mir tut sich nichts. Ich schaue auf die Leuchtanzeige des Radioweckers. Erst ein Uhr. Ich werde bekloppt.

Ich versuche, meine Gedanken zu zügeln und langsam in den Schlafmodus zu wechseln. Hinter meinen geschlossenen Augenlidern sehe ich schwarz-weiße Muster. Ob das daran liegt, dass es bei uns im Schlafzimmer nie ganz dunkel ist? Ich habe mal in einem Raum geschlafen, der so dunkel war, dass man die Hand nicht vor Augen sehen konnte. Schrecklich. Ich brauche ein wenig Licht, damit ich mich orientieren kann. Ist auch besser, wenn man mal raus muss.

Ich gehe vorsichtshalber nochmal zum Klo. Sonst bin ich nachher eingeschlafen und werde wieder wach, weil ich muss. Das will ich nicht riskieren. Während ich auf dem Klo hocke, sehe ich das Schaumbad, das so eklig riecht. Warum habe ich das nicht schon längst entsorgt? Keiner kann es leiden. Ich muss unbedingt daran denken, beim nächsten Einkauf neues Schaumbad zu besorgen. Ich gehe kurz in die Küche, um es aufzuschreiben, sonst kann ich noch weniger schlafen aus Angst, es wieder zu vergessen.

Ich lege mich wieder hin und kuschele mich unter meine Decke. Nach fünf Minuten ist mir zu warm. Ich lasse meine Arme und Beine raushängen. Herrlich. Ich schließe die Augen.

Auf einmal ist mir wieder kühl, und ich ziehe die Füße wieder rein. Ich hatte mal einen Onkel, der hatte unwahrscheinliche Schweißfüße. Armer Kerl. Bei Tante Hanna mussten wir immer die Schuhe ausziehen, da ist der Onkel nie mitgekommen, weil es ihm zu peinlich war.

Ich muss schon wieder kichern. Als das Vibrieren verebbt ist, strecke ich mich einmal lang aus, so wie wir es zwischendurch beim Pilates machen.

Dabei bekomme ich manchmal einen Krampf in der Rückenmuskulatur. Sehr unangenehm. Ich sage immer, dass ich zur katholischen Gymnastik gehe: Pilatus. Der Scherz kommt ein paar Mal gut an, dann hat er sich herumgesprochen. Man muss immer wieder nach neuen Witzen forschen. In letzter Zeit gibt es nicht mehr viele gute Witze. Wie das wohl kommt? Da fallen mir auf einmal ein paar gute alte Witze ein, und wieder wackelt das Bett vor unterdrücktem Lachen.

Mein Mann schnellt hoch und meckert mich an:

„Mann, kannst du nicht einfach mal schlafen? Was soll das Rumgezucke? Jetzt bin ich auch wach!" Wütend haut er auf den Schalter der Nachttischlampe und schnappt sich sein Buch. Schnaubend hält er es sich vors Gesicht.

Jetzt kann ich auch nicht mehr schlafen, und die Stimmung ist auf dem Nullpunkt. Dabei kann ich doch gar nichts dafür. Das ist ungerecht! Ich habe ihn eben jedenfalls nicht angeschnauzt, als er geschnarcht hat. Gekränkt drehe ich mich von ihm weg und zucke mit den Schultern, damit er denkt, ich weine. Das kann er nämlich nicht haben. Dann schniefe ich noch ein bisschen, damit es echt wirkt. Er legt das Buch weg und rutscht zu mir herüber. Vorsichtig berührt er meine Schulter.

„War doch nicht so gemeint", sagt er sanft. Ich reagiere nicht. Soll er doch erstmal ein schlechtes Gewissen haben. Er versucht es erneut. Na, gut, ich erbarme mich und wende mich ihm zu. Ich vergrabe mein Gesicht in seiner Achselhöhle und lasse mich gehörig trösten.

Nach ein paar Minuten macht er vorsichtig das Licht aus.

Ich bin immer noch wach, aber wenigstens ist er jetzt wieder eingeschlafen. Ich atme rhythmisch ein und aus und spüre, wie mein Atem durch die Nase in die Luftröhre und die Lunge strömt.

Da bekomme ich einen Wadenkrampf. Mit einem Schrei springe ich aus dem Bett und stelle mich auf das schmerzende Bein. Mein Mann reagiert nicht. Entweder hat er nichts gehört oder er hat keine Lust mehr mitzuspielen. Als der Schmerz verebbt ist, lege ich mich wieder hin und ziehe die Decke bis zum Kinn hoch. Darunter ist es schön warm. Zu warm. Ich schlage die Bettdecke zurück. So ist es aber nicht mehr gemütlich. Ich wackele mit den Zehen.

Da fällt mir wieder ein, was ich mal über die Fußformen gelesen habe. Es gibt drei verschiedene Fußformen: den ägyptischen Fuß, bei dem der große Zeh der längste ist, und dann werden die nachfolgenden Zehen immer kürzer, so wie Orgelpfeifen.

Dann den griechischen. Bei dem ist der große Zeh kürzer als der zweite.

Und noch den römischen. Dabei sind der große und der zweite Zeh gleich lang und die anderen Zehen kürzer. Was sich die Evolution dabei wohl gedacht hat? Irgendwie bescheuert. Aber ist gut, dass wir am Fuß nicht auch einen Daumen haben, sonst würden Pumps ja ziemlich blöd aussehen.

Bei der Vorstellung muss ich schon wieder kichern. Ist das eine lustige Nacht heute!

Wieder versuche ich es mit Meditation. Nützt leider gar nichts. Ständig schweifen meine Gedanken ab. Mein Ohr juckt. Ich kratze mich ausgiebig und muss dabei an eine Klassenkameradin denken, die sehr weit abstehende Ohren hatte. Sie hatte auch noch lange Haare, und die Ohren kamen immer durch und sahen aus wie bei Dumbo, dem fliegenden Elefant. Irgendwann hat sie dann endlich in einer Operation die Ohren anlegen lassen, und danach sah sie so attraktiv aus, dass alle Jungs ihr hinterher liefen. Was wohl aus ihr geworden ist?

Auf den Klassentreffen war sie jedenfalls nie. Schade eigentlich. Bilder von früheren Klassentreffen, Partys in Teenagerzeiten und Klassenausflügen ziehen vor meinem geistigen Auge vorbei.

„Guten Morgen, Märkischer Kreis, hier sind für Sie Gunther Geschwätzig und Paulina Plapper von Radio Total Lokal. Es ist gleich sechs Uhr fünfzehn. Draußen ist es ungemütlich, also ziehen Sie noch einmal die Bettdecke hoch und genießen Sie unseren nächsten Song LIEDER von Adel Tawil"

Ich schrecke hoch. Hä? Ist die Nacht schon um? Da muss ich wohl doch irgendwann eingeschlafen sein. Nun bin ich richtig müde und muss leider schon aufstehen. Ich gähne herzhaft, strecke mich und schwinge die Beine aus dem Bett. Hilft ja nichts. Guten Morgen.

Internet geschrottet

Ich habe das Internet geschrottet! Seit vier Wochen habe ich eine on-off-Beziehung mit dem Internet. Die Verbindung steht, setzt aus, steht, setzt aus. Wie lange die Verbindung hält, ist Glückssache.

Unser Freund für alle Fälle konnte spontan nicht helfen, meinte, es könne an Interferenzen mit benachbarten W-Lans liegen. Das leuchtet mir ein. Überlagerungen der Frequenzen, die sich gegenseitig stören.

Als es immer schlimmer wurde, rief ich aus Verzweiflung die Hotline meines Telefonanbieters an.

Die Warteschleife spielte mir die typische Firmenmelodie vor, kündigte eine Wartezeit von sieben Minuten an, riet mir, die Kundennummer bereit zu halten und bat mich, nicht aufzulegen.

Mit dem Telefon am Ohr räumte ich währenddessen die Wohnung auf, belud meine Waschmaschine, rührte im Kochtopf, räumte die Spülmaschine aus und war fast erschrocken, als sich eine weibliche Stimme meldete.

Ich beschrieb mein Problem. Hilfe kam in Form einer E-Mail mit Links zu Internet-Communities von verzweifelten Hilfe-suchenden und zu Apps zum Herunterladen, die einem die Stärke der Frequenz und deren Störungen anzeigen und allerlei bunte Diagramme bieten.

Nach der Installation der App und selbstständigem Werkeln an den Einstellungen ging anschließend gar nichts mehr. Die Verbindung zum Internet war endgültig abgebrochen.

Man hatte mir tags zuvor einen Anruf angekündigt, in dem man nachfragen wollte, ob die angebotene Hilfe gefruchtet hatte. Der Anruf kam in dem Moment, als ich am weitesten von meinem Telefon entfernt war. Auch ein Hechtsprung zum Gerät konnte nicht verhindern, dass der Anrufer wieder auflegte.

Also wählte ich selber die Nummer, hing wieder Minuten in der Warteschleife und bekam in der Zwischenzeit eine SMS auf mein Handy, in der eine Ticketnummer angegeben war, unter der mein Anliegen nun gespeichert sei.

Irgendwann hatte ich einen echten Menschen am Apparat, der mein Problem anhand der Ticketnummer fand.

Er ging mit mir alle Optionen der Ferndiagnose durch: welche Anzeigen leuchten am Router? Was genau wird Ihnen da, dort oder anderswo angezeigt? Ob ich ein Lan-Kabel habe? Leider nicht. OK. Ich solle dann bitte im Firefox eine bestimmte Nummer ins Suchfeld eintippen. Während ich dies tat, fragte ich mich, ob der Mann nicht verstanden hatte, dass keine Verbindung zum Internet bestand.

Natürlich erreiche ich mit dem Eintippen der Nummer nur, dass „Server nicht gefunden" angezeigt wurde. Hatte ich ihm doch bereits gesagt! Er meinte, dann bräuchte ich einen Techniker vor Ort, der käme für € 9,95 zu mir, ich müsse dann aber eine andere Hotline anrufen, um einen Termin zu vereinbaren.

Gesagt, getan. Die nächste Hotline empfing mich mit einer Frauenstimme, die mir zunächst bekannt gab, dass den Kunden eine bestimmte Minutenzahl an Hilfestellung pro Monat zustehen, die meisten Leute diese am Ende des Monats einforderten und ich deshalb, es sei ja der achtundzwanzigste, wenig Chancen auf schnelle Hilfe habe. Aha. Ob sie mir denn einen Termin mit einem Techniker machen könne. Nein, da müsse sie mich zu einer anderen Hotline weiterverbinden, sie sei nur vorgeschaltet.

Der nächste Mann war sehr freundlich und bot mir schon recht kurzfristig (vier Tage später) den Besuch des Technikers an, allerdings nur in Zeitintervallen von vier Stunden. Eine genauere Zeitangabe sei leider nicht möglich. Ich könne aber so und so oft im Jahr den Techniker bestellen, denn das sei ja im Tarif drin. Hä? Ja, ich habe doch Tarif sowieso für € 9,95 abgeschlossen. Ich fragte vorsichtig:

„€ 9,95 pro was?"

„Na, pro Monat! Sie haben doch gerade die Online-Hilfe zugebucht."

Hatte ich nicht! Es stellte sich heraus, dass der Kerl vor der vorgeschalteten Frau dies einfach eingegeben hatte, obwohl mir erstens gar nicht bewusst gewesen war, einen Vertrag abgeschlossen zu haben und ich zweitens diesen Vertrag nicht wollte. Ich ließ bei dem netten Mann Dampf ab und bat ihn, dies sofort wieder zu stornieren, da der Kollege mich da wohl verarscht habe.

Stornieren könne er den Vertrag an dieser Stelle nicht, und auch der Termin sei hinfällig, da ich ja dann nicht über die Online-Hilfe einen Techniker bestellte sondern über die normale Hotline.

Dann würde das auch knapp hundert Euro kosten, einmalig versteht sich. Er könne mich aber gern mit der normalen Hotline verbinden.

Weitere zehn Minuten später hatte ich die nächste Dame am Apparat, die als erstes die gebuchte Online-Hilfe wieder stornierte und mir anbot, mir kostenlos einen Chip zu schicken, mit dem ich über das Mobilnetz ins Internet könne. Dazu bräuchte ich dann lediglich einen neuen USB-Adapter, falls ich den nicht hätte. Habe ich nicht.

Sie schicke mir das Ding auf jeden Fall zu. Einen Techniker für hundert Euro könne sie aber erst in einer Woche zusagen, woraufhin ich das Telefonat beendete, meine Wohnung vor Wut zertrümmerte und mich in den ortsansässigen Laden meines Telefonanbieters begab. Es war kurz vor Ladenschluss. Ich schilderte meine Irrfahrt durch die Hotlines und wurde hinreichend bemitleidet. Die nette Dame hörte genau zu und sagte: „Wenn da mal nicht die Bridge verrückt spielt…"

Genauso war es dann auch.

Gerät getauscht – Internet wieder heile, Nerven kaputt.

Nordische (Tee-) Lichter

Wer kennt es nicht, das blau-gelbe Möbelhaus aus Schweden? Mir sind nur sehr wenige Menschen bekannt, die es noch nie in ihrem Leben betreten haben.

Die meisten Leute fahren in erster Linie gar nicht dorthin, um Möbel zu kaufen, sondern um sich mit Teelichtern und Deko einzudecken.

Um zu der Teelichter und Deko-Abteilung zu kommen, wird man aber zunächst durch das komplette Sortiment geschleust. (Zugegeben: es gibt eine Abkürzung, aber wer will die schon?) Während der ganzen Wanderung, bei der man durch aufgemalte Pfeile auf dem Fußboden immer tiefer und tiefer in die Möbelwelt geführt wird, ist penetrantes Duzen angesagt. „Hier kannst du nachmessen." oder „Nimm die gelbe Tasche für drinnen, an der Kasse kannst du eine blaue für dich erwerben." oder ähnlich.

Überall hängen Metermaße aus Papier zum Abreißen, darunter Behälter mit Dutzenden von Bleistiften. Ob die Angestellten die jeden Abend wieder anspitzen, wage ich zu bezweifeln. Wahrscheinlich landet der Großteil sowieso in den Taschen der Kunden. Ist ja nur ein Bleistift…

Alle Möbel sind geschickt arrangiert und ausschließlich mit eigener Deko geschmückt, die man natürlich auch erwerben kann.

Die Kinderabteilung ist herrlich bunt – da schlägt sogar das Herz eines Erwachsenen höher.

Ist man dann endlich an der Kasse angelangt, wartet auf der anderen Seite schon das eigentliche Highlight des Möbelhauses: billige, wabbelige Hot Dogs, die man dann an Selbstbedienungsstationen eigenhändig mit Zwiebeln, Senf, Ketchup und Gurken nach Belieben belegen kann. Dazu ein Getränk, das man so oft nachfüllen darf wie man möchte. Das ist allerdings schwierig, da die Getränke fast bis zum Nullpunkt heruntergekühlt sind, so dass der Gaumen nur eine Ladung Getränk aushält, bevor er einfriert. Sehr geschickt, finde ich.

Neulich hatten wir ein paar Stunden nichts zu tun, und die nutzten wir, um mal

wieder den Möbelhaus-Rundgang zu absolvieren. Dazu lasse ich mir immer gerne Zeit, denn was mindestens genauso interessant ist wie die Möbel sind die Kunden. Überall lungern sie herum, sitzen auf Sofas Probe, hopsen auf Betten herum und ziehen Schubladen raus.
Ein Paar stand in einer Wohnzimmer-Dekoration und schien zu streiten.

„Du hast sie nicht mehr alle", sagte der Macho-Man zu seiner Frau und fuhr dabei zur Unterstützung mit der flachen Hand vor seinem Gesicht auf und ab. Die Frau sah betreten nach unten und sagte nichts. Im Vorbeigehen konnte ich es mir nicht verkneifen, ganz laut (damit auch jeder es hören konnte, besonders der Macho-Man) zu sagen:

„Den Kerl würde ich achtkantig rauswerfen. Das geht ja wohl gar nicht, ein solches Benehmen." Daraufhin zog mein eigener Gatte mich am Ellenbogen aus der Zone des Geschehens und schämte sich erstmal ordentlich für mich. Er sah mich leicht genervt an.

„Wieso?", sagte ich bockig, „stimmt doch. Sowas geht überhaupt nicht. Ätzend, der Typ." Ein paar Minuten herrschte daraufhin Funkstille, aber nur bis zur nächsten Attraktion. Das waren in diesem Fall Bürostühle. Richtig schöne Chefsessel, in denen mein Mann abwechselnd saß und probend wippte. Ich zog ihn weiter, denn eine solche Anschaffung war momentan in unserem Budget nicht vorgesehen. Wir wollten ja auch nur mal gucken und nicht gleich alles kaufen.

Weiter ging es also durch sämtliche Abteilungen: Küchen, kleine Apartments, Kinderzimmer, Wohnzimmer, Esszimmer, Lampen – und egal, woher wir schlenderten, ich konnte es mir nicht verkneifen, überall zumindest einmal kurz Platz zu nehmen, Türen zu öffnen, mit Spielzeug herumzurasseln, Lampen aus- und anzuknipsen und vor Spiegeln Verrenkungen zu machen. Nun wurde wohl ich von den anderen Besuchern interessiert beobachtet. Bald war es so weit, dass mein Mann Abstand zu mir hielt, damit niemand auf die Idee kommen konnte, ich gehöre zu ihm.

Er warf mir vorwurfsvolle Blicke zu und immer, wenn ich versuchte, mich ihm zu nähern, schaute er in eine andere Richtung und beschleunigte seine Schritte.

Schließlich wurde es mir zu bunt, und ich setzte mich auf die nächstbeste Sitzgelegenheit, in diesem Fall eine Wäschetonne und blieb einfach sitzen, ohne mich zu rühren.

Nach einiger Zeit pirschte mein Mann suchend in meine Richtung, und als er mich gefunden hatte, kam er doch tatsächlich zu mir und hockte sich vor mich hin.

„Wird es nicht langsam Zeit, dass wir mit dem kindischen Blödsinn aufhören?" meinte er, und weil er das so nett sagte, war ich einverstanden, sprang auf und nahm in an die Hand.

„Gut, dann lass uns endlich in die Deko-Abteilung gehen", rief ich enthusiastisch, „ich brauche noch Servietten, ein paar Gläser, und…" und so plapperte ich drauflos und zählte alles auf, was mir in den Sinn kam, einfach weil ich es so schön fand, dass es so viele Dinge dort zu betrachten und mitzunehmen gab.

Nachdem wir die Servietten und die Gläser eingepackt und jedes einzelne Teil angefasst hatten, was dort sonst noch angeboten wurde, verließ uns langsam die Lust am Einkaufen, und wir strebten schleunigst der Kasse entgegen.

„Sollen wir die Selbstbedienungskasse nehmen?" fragte ich begeistert. Ich fand es total spannend, selber einzuscannen und den Bezahlvorgang ohne fremde Hilfe zu erledigen.

Gesagt, getan. Wir stellten uns also in die Selbstbedienungskassenschlange in der Hoffnung, dort zügig fertig zu werden, damit wir noch Zeit hatten für ein Hot Dog und eine Cola. Weit gefehlt! Die Leute vor uns waren aber auch zu blöd! Meine Güte, die brauchten eine halbe Ewigkeit, nur um ein paar Codes einzuscannen. Wie doof kann man sich denn anstellen? Endlich waren sie alle durch, und wir waren an der Reihe. Ich nahm siegessicher den Scanner in der Überzeugung, dass ich den Scanvorgang in Null Komma Nichts beenden würde. Tja, was soll ich sagen? Das dumme Ding reagierte erst beim zehnten Mal, wie sehr ich mich auch bemühte, den Code lässig einzuscannen. Die Leute hinter uns verdrehten schon die Augen, und eine Frau flüsterte ihrem Mann zu:

„Wie blöd kann man denn sein?" Wütend brachten wir die Aktion zu Ende und flüchteten ohne Hot Dog zu unserem Auto.

Erfahrungsgemäß schützt einen eine solche Aktion etwa ein halbes Jahr vor der nächsten Möbelhaus-Attacke.

Schau´n wir mal.

Danke

an alle, die mich unterstützt haben:

Dirk, der mich seit vielen Jahren auf Händen trägt, was weiß Gott nicht mehr so leicht ist…

Martin, der mit Kritik, sowohl positiv als auch negativ nicht hinterm Berg hält und mich so anspornt, besser zu werden.

TrioLit, die für alle Ideen offen sind

Silke, die Maja so schön gemacht hat.
Jessica, die die ersten Fotos machte.
Jo Gemke, der mit aktuellen Fotos Maja weiterhin schön sein lässt.

Annerose Zander, die auch die Dame hinter Maja Vandenwald in schönem Licht erscheinen lässt.

Über Maja Vandenwald:

Maja Vandenwald ist die Witwe des Staatsanwalts Berthold Vandenwald, wohnt in einem kleinen Bungalow am Stadtrand von Menden und verarbeitet mit ihren „Shortmords" all die schrecklichen Verbrechen, die sie im Laufe der Jahre von ihrem Mann geschildert bekam.

Nach ihrem ersten Buch „Shortmord" vollendet Maja Vandenwald mit „Shortmord 2" ihre Therapie – es kann aber durchaus sein, dass sich auch in zukünftige Werke der ein- oder andere Krimi einschleicht…

Nach erfolgreicher Therapie begab sich Maja Vandenwald ins Humorfach. Ihre Bücher „Vers(s)trickungen des Alltags", „Ein bunter Strauß aus dem Alpha-Beet" und „Hirngespinster und Warteschleifen" lassen kein Auge trocken.

Bisher erschienen:

Shortmord
120 gereimte Kurzkrimis
BoD Books on Demand Norderstedt
ISBN 978-3-744809-98-6
Preis: 8,90 €

Es gibt Krimis in inflationärer Menge, aber es gibt nur ein „Shortmord".

Kurze, böse, spannende Krimis in Reimform und durchnummeriert – Maja Vandenwald schildert Verbrechen auf eine Weise, die dem Leser häufig ein „hohoho" entlockt, weil er hin- und hergerissen wird zwischen Komik und Niedertracht.

www.majavandenwald.jimdo.com
udm.spieckermann@t-online.de
Bestellungen über www.triolit.de

Shortmord 2
Weitere 101 gereimte Kurzkrimis
Nummer 121 – 221
BoD Books on Demand, Norderstedt
ISBN 978-3-743181-70-0
Preis: 8,90 €

Wer Shortmord mag, wird Shortmord 2 lieben!
Maja Vandenwald unterhält mit weiteren
101 Kurzkrimis.
Noch böser, noch unterhaltsamer.

Shortmord 2 – die Version für fortgeschrittene Fans des schwarzen Humors.

www.majavandenwald.jimdo.com
udm.spieckermann@t-online.de
Bestellungen über www.triolit.de

Ein bunter Strauß aus dem Alpha-Beet
Alliterationen
BoD Books on Demand Norderstedt
ISBN: 978-3-744856-30-0
Preis: 4,99 €

Humorvolle Texte, in denen jedes Wort mit demselben Buchstaben beginnt.
Einmal quer durchs Alphabet.

Viel Vergnügen!

www.majavandenwald.jimdo.com
udm.spieckermann@t-online.de
Bestellungen über www.triolit.de

Vers(s)trickungen des Alltags
der tägliche Wahnsinn in Reimen
BoD Books on Demand Norderstedt
ISBN: 978-3-744855-80-8
Preis: 8,90 €

Maja Vandenwald ist den Begebenheiten des Alltags in Versen auf der Spur und zeigt uns die humorvolle Seite der Verstrickungen, die wir im Alltag täglich erleben. Ob Jahreszeiten, Männer, Frauen oder Kinder: Maja Vandenwald nimmt alles aufs Korn und lädt dazu ein, die Dinge nicht zu ernst zu nehmen und auch im Alltag hin und wieder das Schmunzeln nicht zu vergessen.

www.majavandenwald.jimdo.com
udm.spieckermann@t-online.de
Bestellungen über www.triolit.de

Glitzlichter
Das Weihnachtsbuch von TrioLit
UbaBu Verlag
ISBN: 978-3-00-054266-4
Preis: 9,90 €

TrioLit schenkt nun der Welt zum Fest der Liebe dieses sauerländisch angehauchte Weihnachtsbuch:
Ein Werk mit Herz, Schmerz, Sex und Krimi.
Es möge Ihnen viele schöne, entspannende, aber auch mörderische Glitzlichter bescheren.

Bestellungen über
www.triolit.de
info@triolit.de